JN184793

句集

残り火

久光良一

文學の森

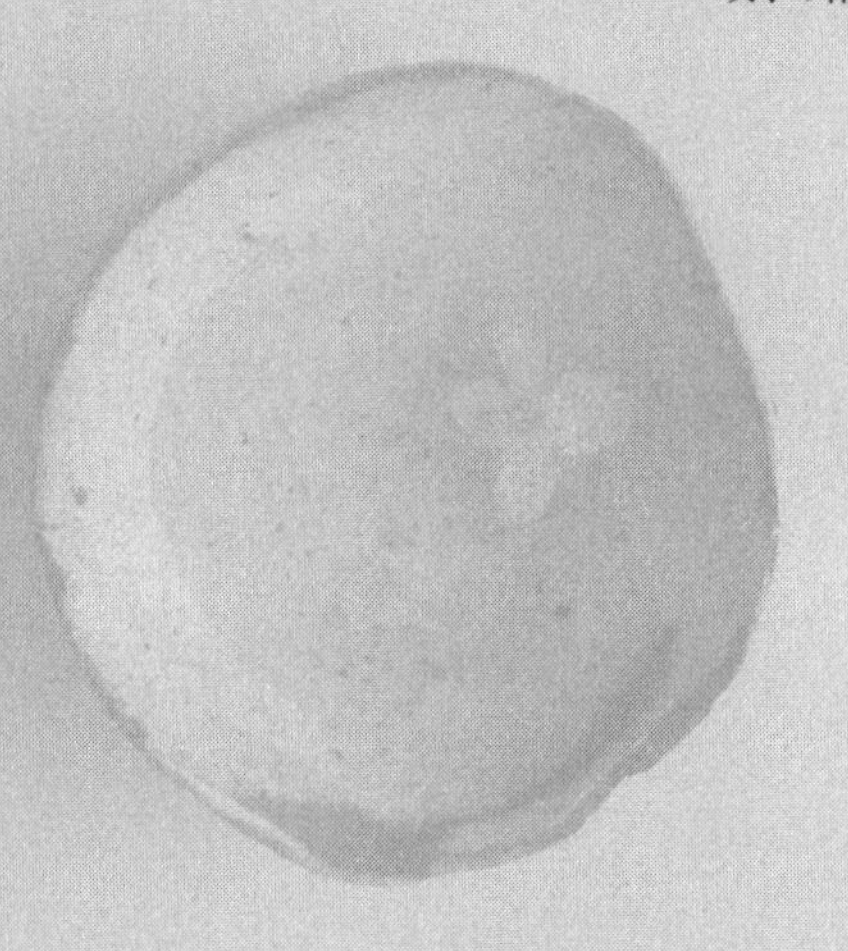

句集　**残り火**／目次

装丁　クリエイティブ・コンセプト

句集　残り火

のこりび

赤い傘

平成二十一年

心すなおな息子になって骨壺の前

似たようなさだめ生きてきた妻の背をさする

点滴光って落ちて妻の充電

病室の妻とわかれる「また明日」の目くばせ

眠れぬ夜の牛乳ぬくめて一人のキッチン

妻の呼び方みつからず今日もおーいと呼ぶ

なんともったいないいい月が出ているぞ

みどり湧き立つ風に蝶の生まれるくさむら

保護色になった虫でかなしい

拝まれる石になりちょっぴり笑っている

振る尾は持たぬ野良の魂持っている

身の丈ほどのしあわせはある味噌汁の湯気

不定形の未来へ花の苗植えておこう

恙なく老い恙なく今日も酒飲んだ

しずけさは星のふるえるかすかな羽音

五月快晴　ひばりが空を踏み外す

すれ違った香水から過去が匂いはじめる

夏だ五月だ、大きなものが背中を押す

もうその話には触れず妻が淹れた熱い茶

妻の顔ちょっぴり酔って葱煮えている

音のない音が尾をひいて流れ星ひとつ

靴音がわたしを置いて行った霧の夜

一拍ずれた雫もあって夜の雨音

睡ったようで眠れぬようで夜明けまだこない

なくした貌さがして風が枯れ木の枝

物言う機械と向き合って　さて

面白味ないまともな生の大きめのパジャマ

読みふけったあとの快い心の微熱

星の飛ぶ夜　わたしも飛ぶ遥かな時空

サングラスかけて老年の眩しい時にいる

いつか誰かが止まるかも知れぬ指立てておく

やさしさが売り切れている自販機のランプ

誰にも振らなかった頑なな尻尾も萎えた

無人の改札出て淡い月に会う

ほたるほたる、自分をしばらく消して見る

お持ち帰りですかと海の光キラキラ

誰にも言うまい　星ひとつこぼれたことは
新しい帽子の似合わぬ古い頭だった

生きているから迷うにんげんだから迷う

雑踏の中にひとりわたしが余っている

考えることやめて列に並んでいる

愛情の少し破れたオムレツができた

この扉　開けるためにあるはずだが

つかまる人ない吊り革ならんで揺れている

つっぱって乾いたジーンズの軒下の孤独

ふりかえれば薄い影がついてきていた

二人並んでそれぞれの月を見ている

誰も降りず誰も乗らずドアが閉まった

見知らぬ町に見知らぬわたしを置いてみた冬

昨日は昨日さ　今日の空に鳩が飛び立つ

かきまぜればカフェオレやさしい色になる

生き方問われている問診票のはいいいえ

生まれたから生きておるそれだけでいいのか

トンネル抜ける時のわたしが少しときめく

消しゴムすっかり丸くなり抽斗の片隅

少年のこころが老人の顔で集まった

ちょっと哀しくおもしろく靴下に穴がある

モノクロの町の目を覚ました赤い傘ひとつ

声がまがっていった路地のわかれ

茶わん洗って指の先からさびしくなる

気がつけば不条理が隣に座っていた

まだある夢に帽子かぶせて海を見に行く

これっぽちの意地握りしめたポケットの拳

石になりすましたお地蔵様のもらす微笑

月に影貰って淋しがりやの木がいっぽん

押したら開くドアの前で立っていた

大きな空の目がわたしのこころ読んでいる

鳩が鳩追うてゆく空の秋が明るい

ちょっぴり家出して海のやさしさ眺めている

突き抜けるものが欲しい、平穏な日々を

耳傾ける地蔵もいて月夜の虫の声

尾けられていたようだ夜の静けさに

淡い虹

平成二十二年

自分が好きになる　そんな自分が好き
いろいろあったらしいコスモスの曲がり癖

からっかぜ　欠席者のわたしが裁かれている

といてかきまぜて朝の卵のしあわせ色

胸襟開いたシャツ　ハンガーでくつろいでいる

風が風呼ぶすすき原の揺れる枯色

眠れぬ夜のふすまの向こうに海がある

眠らぬ自販機が落とした朝のホットココア

みどりの風たっぷり吸ったわたしの透明度

老いてなお晴れの日もありネクタイ締める

遊びたりない足が路地をまがってみる

赤ワイン透かして見ればこころ少し萌え

片隅という心地よさにからだまるめている

ズボンにしがみついたバッタよ跳べ、とぶのだ

祭り太鼓にわたしの鬼がうごきだす

プルタブの硬さ開けたら春がふきこぼれ

もったいなや満月つけっぱなしで寝る

わたしを呼んでいる雲に窓あける

わたしの中の折り目が消えない母のおしえ

ただ流れる人になって列に並ぶ

わたしが忘れものになっていた冬のベンチ

水音のかすかな春を耳で拾う

思い出の封印解いた大きな月のひかり

焼酎の湯割り呑んでマルクスに会いにゆく

すこやかな寝息たて明日のあるまぶた二つ

吹き上げられ吹き飛ばされ枯葉の居場所がない

片隅の椅子に過去が座っている

わたしになりすますことに疲れたわたしは誰

退屈をかたちにして秋の石仏

いい人と言われ嬉しくもないが笑っている

見捨てもせず見捨てられもせず何となく二人

別れた背中がもう旅人になっている

わたしを決めないでくれ　ＤＮＡよ
プランターが咲かせたわたしの夢の正体

一分間チンした酒で単純に酔う

内緒にしていたが実はしっぽ持っている

春寒の一つ余ったボタンが嗤う

夜のどこかがこわれて水漏れとまらない

目つむれば風とわたしの境界がない

自画像がにやりと笑ったわたしの本心

だれも来なくても心の扉は開けておく

沈黙も会話　無口同士の注ぎかわす酒

淡い虹、大事なこと忘れているような
青い空に囲まれて村が小さい

大きな切手貼って出そう明日への手紙

暗いニュースかきまぜる朝の納豆のねばり

昨日今日あした　人生斜めに読みとばす

退屈嚙めばチューインガムただ甘い

眼鏡の中のあおぞらを拭く

空色の夢大きくひろげた今朝の晴天

雨がやさしい音たてている朝のしんぶん

散ることのむつかしさ椿いよいよ赤くなる

定形外の心の入れにくいポストだ
見なかったふりして修羅に蓋をする

夕暮れのわたしが売れ残った

こんな小さな蝶が世界を揺らしている

悪友が悪友でなくなった小さな背中
わたしの心に風が置いてゆく春の愁い

筋書きのない明日へそれでも花は咲く

小さな終わりばかりの人生　桜散る

春終わる日のなんじゃもんじゃの花がまぶしい

のんびりした朝の少しゆるめのパジャマのゴム

サングラスかけて見ている町の孤独

鴉飛びまわってこの世の出口さがしている

緑陰の椅子が浸かっている時間のよどみ
今を生きるしかないわたしの骨が音たてる

あすは何色で生きるのか雨の紫陽花

ラムネ瓶の空を傾ける

街灯ポツンと夜を小さくしている

まっすぐ生きなさいと躾糸が残っていた

にんげん休みたい炎暑の昼さがりの寝ござ

遮断機　暑い時間を止めている

未来の記憶かも知れぬこの海の光りよう

鏡に映ったこの男、悪人かも知れず

月があかるくて誰かがくすくす笑っている

地に落ちた椿そこから語りだす

残り火

平成二十三年

だんだんこの街に似合ってきたわたしの影だ

生きることはうれしい　焼き鳥のけむり

宿題みんなすませて遊び相手がいない

鏡の中のわたしの迷いを拭く

たまには遠い目をしてみよう　老いを忘れて

冬の海日に映えて乗り換え駅が近づいた

少しずつ見え始めたぞ生きることのカラクリ

悲しみも三日寝かせて人生の味にする

蟬として生まれ鳴かねばならぬさだめをなく

さびしさの片割れが焼酎さげてやってきた

眠りきれない耳元で蚊があそんでいる

こころひしゃげた日のアルミの空缶踏みつぶす

祭り太鼓にわたしの鬼がうごきだす

秋風立って、そろそろですよと誰かが言った

揃いの帽子被って土筆の意気込み

やわらかい春の水で明日の米をとぐ

水にもどる氷がかすかな音たてる夜更け

春が訪ねてきたらしいチャイムがピンポン

白雲ひょいとそこにあり手が届かない

旅に出たい靴が今日も靴箱の中にある

凪いだ海はやさしい嘘である

わたしの中のにんげんのかけらが流す涙

たったそれだけのことを言いにきたのか風よ

つかむ人のない吊革揺れてわたしのような

今朝も鳴きはじめてまだ死ねない蟬である

それでも男は強くあらねばならぬのか風よ

ちょっとしぼんだ風船になって寝ころんでいる

もしかすると逆走しているのはわたしなのか

風のぬくさが鳥をのせてきた

月の夜は眠ってくれない鬼がいる

みんなつながっている空の広さで

秋の襟足　きんもくせいが匂う

ひとすじの烟が帰ってゆく空のふところ

野仏黙秘している烈風の中

わかれは笑顔で淋しいこころ隠す

人影まばらにアーケードは風の通り道

探しても見つからぬ言葉　ただ手を握る

わたしを呼んでいる雲に窓あける

幸せとは空の青とほどほどの白雲

ひっぱるのがこわい過去へ続く紐いっぽん

やっぱり気になる一匹を追いまわす

生きることむつかしく蓋の開かぬジャム壜

わたしのこころ映す妻の顔という鏡

聞いてあげよう　椅子にも言い分があるはずだ

くらしそれぞれの窓にとびとびにつく灯り

春の水たっぷりかけて墓を洗う

活けられた花のてっぺんに母が来ている

退屈たっぷりひろげる河口の水の光

春風のやさしさのどこかに落し穴がある

一緒に揺れませんかとブランコに誘われる

わたしの肩に春を載せて行ったのは誰だ
それでもやはりあしたを明るい日と書いてみる

見えぬ手よ、そんなに急いで背中を押すな

伐られて掘られて均されてなくなったもの

まかりとおる正論、聞いている肩凝り

風に飛ばされた帽子とわたしの行方

わたしの靴音がわたしを尾けてきた月夜

もつれる口に聴こえぬ耳を近づけてきく

葬いの朝のお別れの雪が降りだした

ばらばらの影が散って行く駅の夕暮れ

今日も疲れた靴を靴箱にしまう

朝のテーブルの卵の中の静寂

胡瓜もみ歯切れよく今年も夏が来た

チュウハイ半分こで幸せ二倍の乾杯

靴音一人分たてて月の夜を帰る

まあだだよと声がして秋が来ている

行き交う孤独の中をあるく孤独

身のほどの影だけど　カッコ悪いなあ

単調なくらしの妻の欠伸という平和
こんなに美しい露を作って夜が明けた

散り残った葉がまだある空に朝が来ている

風の残していった雲で風のかたち

それぞれの影連れてそれではと別れる

翅ふるわせて飛んだ小さな命のゆうぐれ

逃げ切った安心と放心の夕陽

残り火に息吹きかけ明日も生きようと思う

固い枕

平成二十四年

光がゆっくりたたまれてゆく海の夕暮れ

はっきり秋になった雨音で明ける

雀一羽　あしあとのさびしさ置いていった

ひとつだけつけた灯りに夜が寄ってくる

フォークの背に危うい矜持を載せて喰う

さてどうしようわたしを預けるところがない

にくらしくてかわいいからややこしい

出かける気持ち見すかした靴が待っている

星になれぬ命ともして今年もほたる

きしむ椅子に座りちょっとわたしがきしむ

男と男の議論　ししゃも焼かれている
肉じゃがにしましょうかと妻のひとりごと

ありがとうと言ってみる妻のいない日に

老いという乱の同時多発不定愁訴

満たされぬ余白に愛という字を書いてみる

悲しめるこころがあって涙ぬぐっている

おろしたての靴の軽さで夏をはしる

時には転ぶさ　しかたのないことだ

わたしをまっすぐにする風が吹いている

わたしの中で空気の抜ける音がする日暮れ

はにかんでうつむいてきんもくせいが匂う

きれいすぎる別れだった細い声のさよなら

すすき原　悲しみは人のこころがつくる
孤独と書かれた背中を見せて帰っていった

さよならは言わずまた来ると言って別れる

あかり消してもわたしが消えない

わたしのふりしているのはもうよそう
靴をそろえておこう春風に向けて

夢はまだ終わっていない明日があるかぎり
開かれた水門のまっさらな春の水音

おぼろ月が見ている地球というおぼろ

まだつながっているはずだ空のどこかで

負けるなと言っている仏壇のちちはは

むすんで開いたてのひらがこんなに小さい

だまって注ぎ合って大徳利さかさになる

わたしの背中に愛という字を書くな

アクセル踏めば動きだす生きることへの不安

小さな虫つぶす罪も意識せず

黒揚羽ふわふわ　明日をあやふやにする

生きねばならぬ今日のわたしのプラス志向

余生のんびりとはいかぬ窮屈な背広だ

自動ドアを入るその一瞬のためらい

そんなはずはない恋にとまどっている水仙

ちょっぴり今日をはみ出してみたい切符買う

まっすぐな道が夕日の海につきあたる

この世がちょっとだけ難しいプルタブの固さ

追い越されてもわたしも前に進んでいる

敵も味方も減った世間がさむざむと広い

どうやら逃げ遅れてしまったらしい孤独

まだ大丈夫だよと風が耳うちしてくれる

どうしても眠れないという夢をみている

ぷつんと切れた絆のそこから先の手さぐり

月の戸をたたいていったのはわたしだったか

残り時間が点滅する数字になった

窓に灯りつけみんな罪持つ者よ

風よ起すな　石の眠りを

うとまれてもうとまれても雑草がいい

言葉を刻むな　わたしの墓標に

月の光が朝露になって残っている

よく晴れた空に手を合わす

物忘れなど笑いとばして生きてやる

さよならの眼鏡がちょっとくもる

にぶった男の舌を辛口の酒で洗う

割れ物注意　男というこわれものです

コンクリの街で投げる石がない

大らかに生きている大きなくしゃみだ

シャッターチャンスの花が息とめている

竹の子よく煮えて醬油色の春の味

固いあたまひとつ固い枕にころがす

闇を破った稲妻の見せる夜の正体

一日の傷なめる一盃がほろにがい

人生九割は平凡な時間だったかも

雲点々　空にある風のちぎり絵

あの山の上に雲を置いたのは誰だろう

雲悠然と時間の外にいる

自由という孤独　それでいいのだ

句集　残り火　畢

あとがき

五十七歳から自由律俳句の道に入り、まだまだ初心者のつもりでいた私も、いつのまにか傘寿を迎える歳になり、句歴もそこそこの長さになった。

一昨年、「文學の森」からのすすめもあって、平成二十年までの初期の作品については第一句集『走り雨』としてまとめて上梓したが、その後の作品もまとめなければと思いながらもなかなか手がつけられず、時間が経ってしまった。

そうしているうちに、第一句集上梓の際に大変お世話になった「文學の森」の猪野智恵子さんが亡くなられ、ショックのあまり茫然自失したが、猪野さんが強くすすめてくれていた第二句集を出すことによって御恩に報いたいという気持ちが湧き、やっと平成二十四年までの三〇〇句をまとめることができた。

ポエジーを大切に、自分なりの叙情の世界を作り上げたいという私の思いをこめたこの第二句集『残り火』を、故・猪野智恵子さんに捧げたい。

平成二十七年五月

久光良一

著者略歴

久光良一（ひさみつ・りょういち）

1935年　朝鮮平安南道安州邑に生まれる
1951年　電気通信省（のちの日本電信電話公社→ＮＴＴ）に入る
1989年　ＮＴＴを退職
1992年　自由律俳句「周防一夜会」に入門、その後同会代表
2006年　田布施町文化協会会長に就任
2011年　田布施町文化協会会長を辞し、副会長に就任
2013年　田布施町文化協会副会長及び「周防一夜会」代表を辞任

現　在　「層雲自由律」「層雲」「新墾」同人

句　集　『走り雨』（2013年）

現住所　〒742－1512　山口県熊毛郡田布施町麻郷奥316－12
電　話　0820－52－4901

句集　残り火　のこりび
俳句作家選集　第4期第7巻
発　行　平成二十七年五月二十五日
著　者　久光良一
発行者　大山基利
発行所　株式会社　文學の森
〒一六九-〇〇七五
東京都新宿区高田馬場二-一-二　田島ビル八階
tel 03-5292-9188　fax 03-5292-9199
e-mail mori@bungak.com
ホームページ　http://www.bungak.com
印刷・製本　日本ハイコム株式会社

ISBN978-4-86438-443-8　C0092